현대시세계 시인선 136

사막의 별처럼

한린 시집

사막의 별처럼

한린
시집

도서출판 북인

시인의 말

고음이 두려워
무대에 서지 않는 가수로 살았다.

난타를 들으며
시인이란 자신의 가슴을 힘껏 두드려
다양한 소리를 내야 하는 운명으로 태어났음을 알았다.

혼자 노래하는 것이 아니라
당신과 나의 장단이 어우러지는 것이
시라는 것도 알아가는 중이다.

이제 다시 소리를 낸다.
낯선 소리라도
주목받지 못하는 소리라도

앞으로 홀로 노래하고 싶은 날보다
함께 노래 부르는 날이 더 많았으면 좋겠다.
그리하여 당신과 내가
사막의 별처럼
오늘보다 내일 더 빛났으면 좋겠다.

2021. 11

차례

2부 바오바브나무를 주의하라

3부 사막에서 잠들다

4부 그 꽃을 먹었을까

1부

이름을 붙여놓은 떠돌이별

오늘의 습작

꽃을 본다.
K 시인은,
이름을 불러주기 전에는
다만 하나의 몸짓에 지나지 않았다고 썼다.
N 시인은,
가까이서 보아야 예쁘다고 썼다.
P 시인은,
멀리서 보아야 예쁘다고 썼다.

한 잎, 한 잎 떼어서
한 자 한 자 정성스럽게 따라 써본다.
사랑한다, 사랑 안 한다.
사랑한다, 사랑 안 한다.
사랑한다, 사랑 안 한다.
사랑한다.
손끝에 꽃물이 든다.
마지막에 쓰여질 당신이
물든다.

한린 설명서

내 이름의 기원은 흙이었을까
빛이었을까
물이었을까

원예용 상토가
자꾸 원해요 상토로 읽히는 밤
내 이름의 기원을 찾고 있다.

사전으로 풀이되는 내 이름의 기원은
한나라의 터에 떠오르는 아침 해
가는 곳마다 환한 빛으로
새로움이 시작되리라는 역사의 전언
오래 전부터 언어의 달구질을 멈출 수 없던 까닭이
한 장의 설명서로 써내려가는 밤
눈을 감고 어머니의 이름을 불러본다.

형자, 유남
당신의 이름에서 풍겨오는 상토의 냄새
부적처럼 새겨진 아들의 기원
믿음이 발효되던 그 불온한 냄새

썩고 썩어 밑거름되어
당신이 힘들게 지나온 길마다
단내로 진동하는 순간들
사계절 꽃으로 피어났을 것이다.

향기 나는 모든 것에서 느껴지는
어머니의 이름

당신의 울음을 덮고 자라
환한 빛의 싹을 틔운 나는
원예용 상토를 보며
원해요 상토로 읽는 밤
흙을 적시는 물이 되기로 했다
세상에 스며들어 꽃이 되기로 했다.

시인, 잠수하다

바다처럼 깊고 넓은 세상
블루홀에 빠지지 않기 위해서는
습작의 기억들이 필요하지

실패는 삶의 준비운동
바람이 불 때마다 문이 흔들리고
문이 흔들릴 때마다
나무와 내가 번갈아 유리문 안에 갇힐 때
당황하여 문을 부수지 말고
살며시 문장들을 밀어볼 것, 살며시 당겨볼 것
독자의 반응에
당황하거나 좌절하면 유리문에 갇히는 것
침착하게 다시 한번
습작의 기억을 되새기며
도전하는 느긋한 스트레칭

바다처럼 깊고 넓은 세상
블루홀에 빠지지 않기 위해서는
단독행위 금지도 필요하지

시시각각 변하는 바다 같은 세상
눈빛과 수신호만으로도
소통 가능한 사람들과 함께
마음과 마음으로 이어진 부력조절기를 달고
함께 움직이는 유연한 생각
새로운 길이라도 과감하게 도전하는 정신과
한번에 혼자 가기보다는
조금씩 더 깊고 좁은 곳까지 탐험하는 치밀함

세상을 향해
시인, 잠수하다

시인의 밥

— 결혼하는 시인에게 보내는 편지

식구들이 잠들어 있는 새벽
언어의 밥을 한다는 것을 기쁨으로 여기렴.
개량하는 것은 사람의 허기를 가늠하는 것이므로
새벽 기도하듯 고개 숙인 여문 언어를 넉넉하게 퍼담으렴

제일 먼저 할 일은 생명수에 몸을 담그는 침수례沈水禮
물을 받아서 바싹 마른 언어를 넣고
형체는 바르지만 속이 비어 있는
세상의 이물질이 잔뜩 묻은 불순물들을
떠오르게 하거나 가라앉혀 분리하는 것

언어는 조물조물 씻으렴.
언어의 구수함을 지키고 싶다면
첫 물은 가볍게 헹군 뒤
최대한 빠르게 버리는 것을 잊지 말아라
눈이 떨어져 나가 영향도, 맛도, 식감도 없는
밥이 된다면 누군가의 땀방울을 헛되이 만드는 일
두 번째 물은 버리지 말고 두었다가
잡냄새를 제거하거나 더러움을 씻어내는 데 사용해도 좋단다.
구원은 혼자만의 것이 아니라

죄와 사망에서 모두를 씻겨 회개시키는 것

잘 씻었다면 적당한 물높이를 맞추어
적당한 시간만큼 불려주어야 한단다.
적당함은 언제나 신을 닮아가려고 노력하는 것
첨가하는 곡식에 따라, 식구들의 건강에 따라
손을 담가 마음의 저울 눈금에 네 눈을 맞추며
생명수를 부어주는 제사장이 되는 일

끝이라고 생각했다면
이제부터가 진정한 밥의 세계
뜨거움을 함께 견디는 방법을 알아야 한단다.
때로는 서로의 온기처럼 따뜻함도 있을 것이다
때로는 숨 막히는 고통 속에서 가슴을 치고 발을 구르고
수없이 위 아래로 바뀌는 자리를 찾아 돌고 또 돌고
은전에 팔거나 은전에 팔리거나
뜨거움의 강도를 바꾸며 시간을 견디며 인내하는 것
서로 몸 부딪치며 익혀가는 것
증기를 힘차게 뿜으며
잠든 세상을 고소한 향기로 깨우는 것

조바심은 설익은 밥을 만들어내기에
지나친 열정은 바닥을 태워버리기에
적당한 순간에 반드시 불을 끌 것
뜸 들이는 일은 언어에 윤기를 더하는 것
축복의 기도로 마무리하는 것

밥을 짓는다는 것은
신을 닮아가는 것
매일매일 다른 언어의 밥맛
오늘 지은 따듯한 밥을
독자 앞에 내놓으며
너에게 편지를 쓴다.

내일 쓰여질 시

출판사에서 온 전화를 받고
감자를 깎다가
손을 스친다

붉게 올라오는 울음
내 몸을 빠져나간 울음이
저 하늘을 물들이는 저녁

멈춰선 사람들 행복한 마음으로
내 울음의 행간이 읽혔으면 좋겠다

터널 터널 막다른 골목에서
참았던 눈물이 떨어질 때
함께 울고 있는 내 마음
함께 걷고 있는 내 시의
행간으로 다시 일어서면 좋겠다

내일 쓰여질 시는 그랬으면 좋겠다

시 빚 청구서

우체통에 시집이 들어 있으면
행복했다던 너는
문학지에 이름을 올리고 난 후
우체통에 원고청탁서가 들어 있으면
행복했다던 너는

열심히 살면 살수록
우체통에 원고청탁서가 들어 있으면
무서웠다고 했다
우체통에 시집이 들어 있으면
부끄러웠다고 했다

크고 아름다운 집을 보면서
기대의 성벽을 높이 치느라
세상의 이치에 따라 시 빚은 늘어만 가고
늘 허리가 휘는 고통 속에서
눈물을 짜내고 밤잠을 팔아
하루하루를 돌려막고 있었다지

유서를 베고 누운 밤들도

별들은 뜨고 지고
죽어가는 별들도 죽으려는 너를 위로하던 밤
위로의 빛을 지고는 도저히 눈을 감을 수 없기에
굶주린 배를 잡고 외롭게 울고 있는 어린 시들을
빛나는 눈으로 너만을 바라보던 안쓰러운 시들을
위하여 살기로 했다지
다시 일어나 도전하기로 했다지

시를 쓰지 못하는 변명

촌스러운 시를 쓰는 시인아
아름답구나
들풀의 엉성함을 도시에 그대로 옮겨놓아
어색함이 이루 말할 수 없으나
생명력을 북돋우며 귀촌하는 사람들처럼
행간에 생각하는 여유
시를 가꾸려는 마음가짐이
새로운 도전처럼 싱그럽구나

도시 같은 시를 쓰는 시인아
세련되었구나
햇볕 한 줌까지 정확하게 배분하고 배치하여
감동의 타이밍을 이끄는 기술
밤마다 언어를 가지고 놀다
담보 삶아 몸값도 올리는 신기한 기술

습작하는 사람아
시인과 술 마시며 부럽다고 울지 마라
한 달을 쓰고 고치는 당신의 열정

그들은 단숨에 베껴가
아름답고 세련된 신작을 발표할 테니

이제 정신 똑바로 차리고
당신만의 이야기를
정성스레 조심조심
낮고 깊은 음성으로 소리를 내자

때로는 촌스러운 복고풍 감성으로
때로는 세련된 시의적절한 기법으로
변주할 생각은 말고
가슴을 두드려 난타가 되는
자신만의 소리를 내자

숨은 의미 찾기

별, 향수병, 포도주 한 잔, 비행기, 모래시계, 나침반, 진주 목걸이, 정해진 시간이 흐르고 있어. 보이는 것보다 더 많은 것이 숨어 있지. 라벤더, 풍선, 넥타이, 리본, 발자국, 종이학, 만년필, 조급해할수록 더 많은 것이 숨어버리지. 지구본, 깃털, 쌍안경, 항아리, 왕관, 운동화, 고래, 우물쭈물하지 말고 시도해봐. 흐르는 시간은 되돌릴 수 없으니까. 물고기, 술잔, 쓰레기통, 십자가, 촛불, 돋보기, 초승달, 너를 좀 더 잘 볼 수 있게 가까이 다가와. 아니야 때로는 먼 곳에서 볼수록 더 잘 보이더라. 구두, 얼룩, 항아리, 지팡이, 여우, 여행 가방, 포도, 도저히 찾을 수 없다면 못 '찾겠다 꾀꼬리'를 외치지 말고 오른쪽 돋보기 버튼을 살짝 눌러봐. 멘토처럼 숨은 곳을 알려줄 거야. 열쇠, 높은음자리표, 옥수수, 수레바퀴, 조개껍데기, 화병, 목도리, 아니 돋보기는 세 번만 가능하니까. 신중하게 생각해. 아무 때나 선택하면 중요한 순간에 후회하게 될 거야. 망설이다가 사라져버리는 소중한 기회인지도 모르지. 풍경, 사과, 아이스크림, 장미, 천사, 유리 덮개를 씌워주려는 순간 울고 싶어지거나 유리 덮개를 마지막으로 경험치가 올라가겠지. 빠르고 정확하게 경험치를 올려봐. 어떤 선택이든 네가 찾은 의미. 다시 시작이야.

순간의 시학

책을 읽다가
밑줄 그어본 사람은 안다

독자,
화자와 청자를 세 발 기둥 삼고 생각의 줄을 팽팽하게 잡아매어 '잘하면 살 판이오. 잘못하면 죽을 판'인 줄타기

다
르
오
떨
어
지
고
뛰어
시, 넘
다 는

줄을 넘기며 새기는 삶의 골패기
차가움과 뜨거움의 자발적 출몰

부부

우리에게 전생이 있었다면
너는 아라비아 사막의
오픈티아 선인장인가보다.
모래 알갱이 살갗을 파고드는
사막 한가운데서 태어나
언덕을 넘는 사구의 노래에 뿌리내렸으므로
삶의 발자국은 모래 속에 숨겨둔 지 오래다.

나는 너를 만나야만 하는 목적으로
화석처럼 굳어진 흔적을 찾아
뜨거움과 차가움의 극과 극
바람의 눈 속으로 달려가는 밤의 여행자.
너의 몸은 눈물로 가득 차 있으므로
나는 긴 속눈썹을 껌벅이며
낮은 울음을 흘려보내며 너에게로 간다.

우리는 선인장과 낙타
가시 돋친 몸짓도 내 안에서는 생명이었으므로
찔러라.
내 피를 네 땅에 뿌려 꽃이 되리라.

네가 가고픈 곳으로 데려가주마.
사막의 별처럼
서로의 눈빛에 흐르며 살자.
무뎌진 감각을 찌르며 살자.

내 삶은 빨래

세탁기 안으로
때 묻은 하루가 들어간다고
믿고 싶었다.

오늘의 무게만큼 차오르는 차가운 물
숨을 적시며
육체가 빠져나간 틈 속으로
차가운 정신이 가득 채워져
깨끗한 마음으로 돌아오리라 믿고 싶었다.

하루는 나이테처럼
손목 밑에 묵은 테를 그리고
화학적 사상과 이론으로 무장한 나는
자연 분해되지 않는 플라스틱 이론으로
뒤섞여 돌았다.

바람이 맞춤법, 띄어쓰기와 돌았고
구름이 구상, 가주제, 참주제와 돌았고
새들이 중심 문장, 뒷받침 문장과 같이 돌 때도
어제의 이력이 거품이 되어

나를 지우려 돌고 돌았다.

지워지는 건
바람의 노래
구름과 나눈 커피
새들의 기억이므로
축축한 일상은 서론, 본론, 결론으로 나뉘고
쓰고 지우기를 반복하며 돌고 있다.

뜨거운 안녕

“울 아버지에게 맞고
울면서 만두를 빚고 있으면
내 책가방을 네가 여기까지 가져왔었지”
은하식당 은하가
국물이 뽀얀 만둣국을 내려놓으며 웃는다

시아버님이 갑자기 세상을 떠나시던 날
새벽부터 만두를 빚으셨다고 했다

만두 하나를 베어물자
툭하고 퍼지는 뜨거움

새벽에 눈이 일찍 떠져서
주말에 오겠다는 아들 내외 생각하며
반죽을 밀고 있으니
웬일인지 아버님께서
만두를 같이 빚어주셨다고 했다

아침도 마다하고 빚으신 만두
예쁜 만두는 모셔두고

속 터진 만두 두어 개 드시고는
예식장에 다녀오마
먼 길을 나서신 아버지

“아가
내가 대전예식장에 왔다가
네 목소리라도 듣자고 전화한다.
집에 다녀서 가려고 했는데
주말에 온다고 했다면서?
바쁜데 신경쓸 것 같아서
그냥 가니 서운해 말아라”

아버님의 마지막 목소리가
뜨겁게 목에서 터진다
아픔으로 자리잡고 있던
붉은 물집 하나
슬픔으로 가득 차
갓 세운 봉분처럼 붉게 부풀어오르다
뜨겁게 터진다

꼭 다시 만나고 싶었어. 또 보자
환하게 웃는 은하가 배웅하는 길
봉분을 쓰다듬듯
자꾸만 물집으로 향하는 나의 혀

뜨겁게 새겨진 사랑은
돌고 돌아 다시 만나는 것
아픔이 느껴질 때마다
행복의 기억으로 밝게 빛나는 은하처럼
흔들림 없이 웃겠다고 혀를 굴려본다

모녀 시인의 전화 통화

어머니 : 니 아부지 또 화났다.

막내딸 : 아니 왜 또? 아버지 이야기 시로 쓰셨구나.

어머니 : 아니야. 설명해드려도 자꾸 당신 이야기라며 저렇게 화를 내신다.

막내딸 : 이제 아버지도 읽는 눈이 뜨셔서 다 아셔요.

어머니 : 아니라고 정말. 니 아부지 이야기 아니야.

막내딸 : 엄마는 좋겠어. 모든 시를 자기 이야기로 읽어주는 사람이랑 살아서.
이 서방은 당신 이야기를 시를 써도 몰라요.
결혼기념일에 처음으로 사랑 시를 썼는데.
읽었는지 안 읽었는지. 반응이 없어요.

어머니 : 알면서도 모른 척 마음으로 느끼고 아껴주는 사람이 최고지.

독자1은 세상의 모든 시가 자기 이야기 같아서 아프고
독자2는 자신을 향한 사랑도 남의 이야기로 읽는다
세상의 모든 독자1과 독자2
시인이 시를 쓰는 이유이다.
평론가가 필요한 이유이다.

깊은 곳으로 가라앉고 싶지 않아

한마디에서 시작되었다
동창회에서 만난 친구의 생각이
안개가 자욱한 강물에 던진 돌처럼
사라지는가 싶더니

태풍의 눈 속에 저장되었던 눈이 되어
궤도를 벗어나 움직이기 시작했다
오랜 우정의 온도가 급상승 중이었음으로
이동의 거리만큼 계산된 예보통지서가
한 시간 간격으로 주변으로 송출됐다

예보를 받아든 친구들은
이른 앞바다의 물결을 살피듯
짧게 지나가기를 바라는 듯했지만

친구는
주변을 고립시키기에 충분한
외로움의 눈물을 물폭탄으로 터뜨리며
산사태에 무너지듯 기대왔다

불어난 물속에서 살아남는 방법은
온몸에 힘을 빼는 것이라던 전문가의 조언
깊은 곳으로 가라앉고 싶지 않다면
상대방을 구하려고 성급하게 다가가기보다
멀리서 상대방의 이름을 불러주는 것이라고
누군가 내 이름을 불러주는 순간까지
함께 있어 주는 것이라고 생각되는 밤이었다

사막 어딘가에 숨어 있는

우리가 지구를 선택한 게 아니야
단지 이 별로 떨어졌을 뿐
사막의 모래 알갱이처럼
바람 따라 모이고
다시 흩어졌다 쌓이는 오늘이 있을 뿐이지

찔리는 고통 속에서 눈물을 닦으며
나도 언젠가 찌르리라
수 없이 다짐했었어
나를 찌른 건
모래바람을 이겨내기 위해 진화된 내 속눈썹
눈물 젖은 너의 눈을 보고 알게 됐지

고개 숙인 눈이 볼 수 있는 건
암석을 모래로 만든
언제나 움직이는 발뿐이니까
모래에 빠지지 않기 위해서라도
분주하게 움직여야 하는 삶의 아이러니

우리가 쌓아올린 것들은

이 별에서만 존재하는 신기루일 뿐
사막을 건너는 방법 따윈 없다고

털뭉치처럼 변해버린 회전초처럼
자갈로 변장하고 땅속에 박힌 리톱스처럼
자연스럽게 한몸이 될 인연을 찾아
깊게 뿌리를 내리고
우물의 노래를 들으며 함께 잠드는 상상으로
흘러가는 시간

2부

바오바브나무를 주의하라

유린蹂躪

어머니! 어머니의 어머니, 달빛마저 유린당해 숨이 멎던 날 밤, 멀리서 짖어대는 가롯 유다의 웃음소리를 기억합니다. 43년 5월 큰길가에 발가벗겨져 누운 어머니. 희망을 파열 당하고 웃음을 강간당한 채, 돌 지난 젖먹이에게 젖을 물리고 있었지요.

벚꽃놀이를 하러 가고 이자카야 술집에서 사케를 마시며 사쿠란보를 흥얼거리는 아들, 아들의 아들, 딸, 딸의 딸들은 당신의 외마디를 들을 귀가 없습니다. 절망으로 귀를 잘라버린 그들은 오늘을 기억할 지혜도 없습니다. 흐르는 고통을 홍청거리며 견디고 견뎌야 하는 어리석은 몸뚱어리를 가진 유다의 자손들, 당신을 팔아 산 비트코인 그래프에 울거나 웃거나 '좋아요'를 누르거나 해시태그 속에 자신을 숨기고 살아갈 뿐입니다.

어머니! 어머니의 어머니, 당신의 모습이 평화의 소녀상에 잠들어 있습니다. 당신을 찾는 아들, 아들의 아들, 딸, 딸들의 딸에 평화의 모습으로 날아오십시오. 봄날에 강물을 거슬러 피어나는 연어들처럼,

햄릿의 지뢰 찾기

아빠 발밑을 조심하세요! 이제 또 다른 시작이에요.

잠깐만, 서두르지 마세요. 첫걸음이 중요해요. 당신의 앞꿈치가 닿는 순간 크로노스의 발에 달린 날개가 거대한 바람을 일으킬 거예요. 사람들은 창끝보다 날카로운 칼을 피해 앉거나 구르거나 매달리겠죠. 그 중에 하나는 곱슬곱슬한 그의 앞 머리카락을 움켜잡고 당겨라, 당겨 악다구니도 부리겠지요. 걱정하지 말아요. 그래봤자 열리는 자리는 하나에서 셋에 불과하거나 두 번째 발뒤꿈치가 닿기도 전에 터져버리는 선급한 가슴이겠죠. 오! 시작이 좋군요.

자, 이제 슬슬 깃발을 세워볼까요?

승진 심사 대상자에게 저녁 시간마다 둘러싸여 취한 채 웃고 있는 김 부장이라면, 고민, 고민하지 말아요. 그가 좋아하는 발렌타인 이십일 년산, 딸려나온 안주에 꽂힌 우산이라면 콩알만 한 양심을 가리고도 남아 심장 깊숙이 깃발을 세울 때도 떨리지 않을 거예요. 아싸, 가로 세 칸 세로 네 칸이 열리는군요. 둘, 셋이라… 깃발을 준비하세요. 여기서 그리 멀지 않은 곳에 그들이 있어요.

아니 아직 아니에요. 그렇다고 너무 서두르지 말아요. 의

욕만 앞서 아무곳이나 무턱대고 클릭했다간 우리가 당할 수 있다는 것 아시잖아요. 그들이 자폭해버리면 너무 허무해져요. 그래요, 그곳이 좋겠어요. 그들은 내세우기 좋아하는 족속들이죠. 구석을 먼저 공략해야겠어요. 선거 때가 되면 모두 입을 맞춘 듯 구석진 곳에서 몸을 키워 누구보다 낮은 곳을 바라보는 해치獬豸의 혜안을 가졌다고 하는 것, 들어보셨잖아요. 선거날 밤 키워버린 욕망의 키가 한 장丈이 넘어 우리의 정수리에 새겨넣은 희망을 주어 삼키죠. 뜨거우면 뜨거울수록 더 위험하다며 불같이 뛰어오는 저 사자 같은 몸뚱이. 지난 밤 욕망으로 뿔까지 갈아먹고 작은 희망의 불씨에도 경종을 울리며 달려들려는 저 사나운 고깃덩어리. 정수리에 하나 가슴에 둘 깃발을 꽂아주세요. 좋았어요. 칸이 대부분 열리고 있어요. 이제 남은 건 하나.

확률은 오십 대 오십.

이제 처음으로 돌아올 시간인가봐요. 누군가를 향해 깃발을 꽂는 일. 우리의 발밑에서 지뢰가 터지지 않기를 바라는 마음이었을까요? 내 손가락 사이로 크로노스의 머리칼이 한 움큼 흘러내려요. 아 저기 누군가 우리를 향해 저벅저벅 걸어오는 소리가 들려요. 어쩌죠. 제 가슴이 막 터지기 시작한 냄비 속의 팝콘처럼 부풀어올라요. 그 사람의 가슴에는 깃발이 들어 있겠죠. 더 이상 이 게임은 꽂느냐 터지느냐가 아니에요. 꽂히느냐 터지느냐죠. 마음의 준비 되셨나요? 자 이제 선택하세요.

위대한 발굴

집안 대청소를 마치고, 상쾌한 기분으로 잠을 청하다, 천장에 달린 둥근 전등갓 안에서 죽은, 이름 모를 벌레 무리를 본다. 틈 하나 보이지 않는데, 가을 들판의 곡식처럼 통통하게 여문 몸으로 어떻게 들어갔을까?

어둠에서 태어나 빛이 되고자 밝고 높은 곳으로 올랐을 아픔의 신념. 시신 하나 거둘 수 없는 애달픈 사연일까? 어둠이 깊어갈수록 그들의 무덤 속은 빛이 환하다. 의자를 밟고 서서 무덤을 연다.

어디서 왔는지 알 수 없는 난파된 어선처럼 널브러진 벌레의 무리. 털어내는 손끝, 시신의 원한이 닿는 것처럼 뜨겁다. 갑자기 빛들이 길을 잃고 곤두박이듯 형광등 불빛이 깜빡거린다. 어디선가 날아든 파리 한 마리, 위험을 감지하고 회항하는 선박처럼 내 곁을 돌아나간다.

사랑니를 뽑으며 바람의 행방을 묻는다
—대마도 덕혜옹주 기념비에 붙여

덕혜옹주* 이야기에 사랑니가 욱씬 욱씬 반응을 보이더니, 잇몸이 아소만**의 능선이 되어 걷잡을 수 없는 굴곡으로 자리잡았다. 입을 벌릴 때마다 제 모습은 깊이 감춰두고 존재만을 각인시키려는 듯, 강약을 반복하며 전해오는 모스 부호식의 사랑법. 거울 앞에 서서 입을 크게 벌려보아도 좀처럼 확인되지 않았다.

"겁…겁이 나…세요…요? 사…사랑니…니 발…발취가…가 처음…음도 아니…니시면서…. 눈…눈은… 감지 않으…셔도 됩…됩…니…다…아…." 시술대 위에 누워서야 비로소 웅웅거림으로 다가오는 사랑의 실체. 그렇구나. 사랑에 취하면 눈이 멀고 귀가 먹어버리는 것이구나.

에보시다케전망대***로 가는 나무 계단, 한 발짝 한 발짝 디딜 때마다 발밑에 뒹굴던 알 수 없던 감촉들이 고통의 빗장을 풀고 나온 어린 덕혜옹주의 쉬어버린 목소리였구나.

늦은 밤, 예고 없이 쏟아진 폭우가 선 전체를 휘감았어도 알지 못했다. 내방 창가를 밤새워 지키던 고양이 한 마리, 그 입에서 품어져나오는 단 숨소리를 듣지 못한 것이다.

사랑니를 뽑으며 가슴 저 깊은 수면 속에서 섬으로 떠오른 실체를 본다. 얼마나 많은 언어가 부딪히고 부딪혀 모스 부호로 사라진 것일까 눈멀고 귀먹은 사랑이 폭우가 되어 바람으로 돌아가는 길, 바람의 행방을 묻는다.

＊덕혜옹주 : 고종의 고명딸로 11살의 어린 나이에 유학이라는 명분으로 일본에 인질로 끌려가 대마도 도주인 쇼다케시 백작과 정략결혼 함. 정신적 충격을 견디지 못하고 조기성 치매를 진단받고 이혼. 1962년 창덕궁 낙선재로 귀환하여 여생을 보내다가 1989년 사망.
＊＊아소만 : 육지의 침강에 의해 생성된 전형적인 이라스식 해안으로 대마 상마와 하마의 경계 부분에 위치해 있으며 그 섬세한 굴곡미가 절경으로 손꼽힘.
＊＊＊에보시다케 전망대 : 아소만의 굴곡을 한눈에 볼 수 있도록 만든 전망대.

전설 속의 누군가처럼

엄마 시를 뽑는 방적기 하나 살까봐요. 상상의 덩어리를 한 올 한 올 뽑아 날실과 씨실을 만든 후 촘촘하고 따뜻하게 완성되어 나오는 최신형으로. 제가 쓰는 물레는 조금만 방심해도 제 손을 찔러, 잠자는 숲속의 공주가 될 것 같아요. 지금 쓰고 있는 시가 천 년이 지난 후 잠에서 깨어나면 어쩌죠.

최신형 방적기는 너무 빨라. 네 상상이 크기도 전에 기계 속으로 빨려들어갈 거야. 시의 무늬가 다 완성되기도 전에 의미가 끊어져 입을 수도 없을 거야.

누나 그러지 말고 거미를 키워요. 하루에 700미터의 줄을 만든다는 거미. 누나가 원하는 곳 어디든 줄을 치고 살아 있는 시심을 잡아줄 거예요. 미리 잡은 것들은 줄을 감아 매달아두었다가 두고두고 쓸 수도 있다고요.

넌 알지도 못하면서 어른들 말에 끼어들어. 저장해둔 것들은 신선함이 없어. 감각의 수분이 날아가버리면 빳빳하고 누릿한 몸뚱이만 남는 거야. 그건 천 년이 지나 깨어나는 시보다 더 끔찍하다고.

기억나니? 어린 시절 엄마가 짜주던 스웨터. 어려웠던 살림으로 남들이 입다버린 실까지 가져다 썼지. 누군가 만들어놓은 의미를 풀면 그들의 의미로 물결치던 실뭉치. 솥에 물을 올리고 김을 올려, 한참을 찌고 또 찌면 구불거리던 흔적들이 쫙 펴져서 새롭게 부활하던 실타래. 손때 묻은 바늘로 밤새워 뜨다보면 나만의 의미가 다시 생겨났었지.

딸아 네가 가진 물레를 천천히 돌리렴. 네 손때 묻은 바늘로 옷을 지으렴. 시선에 찔리는 걸 두려워 말고 과감하게 질러 잠들렴. 천 년이 지나 만 년이 지나 언젠가 너를 알아주는 입맞춤으로 깨어날 테니. 그 후로 오랫동안 행복할 테니.

레오프릭, 스키드마크를 새기다

빗길을 달려 돌아가던 날이었어.
알지? 동물원 앞 오거리.
선명하게 그려진 스키드마크를 보았지.
재개장 안내문 옆에 심어진 이른 진달래꽃
추위 속에 푸르게 변해버린 입술로
말할 듯, 말할 듯, 말하고 싶은 듯,

다급하게 보내오는 고다이바의 신호를 느끼지 못했다면
온 힘을 다해 현실의 브레이크를 밟지 못했을지도 몰라.
앞다퉈 앞만 보고 달리던 믿음의 속도에 비례하듯
너무도 가볍게 튕겨올라 흔들리던 시선,
룸미러에 달린 십자가도 태양처럼 솟아올랐다
불빛을 등지고 떨어지며 정신없이 흔들리더라.

진달래꽃을 심고 봄이라고 우기는 사람에게
봄도 입장료에 맞추어 가져다놓는 장식품일 뿐이겠지만
순결한 약속은 잊고 고다이바의 알몸을 훔쳐보던 톰은
이제 '좋아요'를 받기 위해 SNS에 사진을 올리겠지만

그녀의 행렬에 묵도默禱한 사람은

짧고 강한 스키드마크
마음 깊은 곳에 새겨졌으므로
삶에 정규속도를 위한
과속방지턱이 하나 더 생겨났을 거야.
비록 더 빠르게 가지는 못하더라도
더 안전한

행복의 기원

아이의 아버지는 아침마다
새벽 발인을 마친 사람들을 장지까지
실어날랐다

오늘의 조문객들이
내일의 영구에 주인이 되어
어느새 동행하고 있는
행복의 기원

그리움이 누운 자리에는
슬픔도 잠들지 못하는가

살아 있음으로
삶의 터널을 지날 때마다
등이 굽은 낙타의
능선처럼 누워 있는 봉분 속
잠들지 못하는 꿈들이
아지랑이처럼 아른거리듯
순간으로 다가오는 햇빛의 무게

아이의 아버지는
따가운 시선에도
선글라스를 쓰지 않는다

동거

숨겨둔 빵은 또 어떻게 찾아냈을까? 아침 식사도 벌써 끝낸 모양이다. 새벽밥을 지으러 나왔더니 먹다 남은 빵부스러기가 비가 온 후의 낙엽처럼 발바닥에 달라붙는다. 도시락도 챙겨갔는지 주방이 초등학교 개학날처럼 어수선하다. 식탁을 치우다 말고 행주를 설거지통에 집어던지며 내일은 현장을 잡아 반드시 이 상황을 끝내야겠다는 결심을 한다.

지난 봄, 어떠한 합의, 계약도 없이 무작정 들어와 시작된 동거. 등기부 등본을 내밀어봐도 눈도 깜짝하지 않는다. 세대를 분리하여 집 건너편 마당에 거주지를 옮겨주고 선을 그었지만 식솔들을 전부 데리고 들어온 흑심이 무엇인지. 초등학교 운동장처럼 이 방 저 방을 이리 뛰고 저리 뛰고도 모자라 가족들의 간식까지 제멋대로 가져가버리는 저 당당함. 당장 네가 죽나 내가 죽나 결판을 내야 하는데 정작 찾을 때는 보이지 않는다.

비 온 후 올라오는 고사리순처럼 어릴 적 추억이 얼굴을 내민다. 어머니가 널어놓은 이불 홑청 사이를 이른 봄 잠에서 깬 개구리처럼 놀고 있는 내게 “개미가 집 구멍을 닿느라 바쁘구나. 비설거지 하란다"며 빨래를 걷으시던 어머니. "햇빛이 이렇게 좋은데 뭘, 내가 이불 더럽힐까봐 그러세요?" 괜히 개미집을 밟으며 심통부리는 내게 "개미집 밟지 마라. 생명은 다 소중한 거야. 같이 살면 식구지.

등기부 등본이 무슨 소용이랴. 개미는 이 집이 세워지기 전부터 터를 잡고 살았다는데. 모든 생명체와 어울리며 서로 식구 되어 돕고 살았다는데. 못난 인간이 종이 한 장 내밀면서 주인이라니. 이 우주 안에 사는 생명체들이 내 것 네 것을 따지며 사는 나를 보고 배꼽 잡고 뒹굴며 웃을 일이다. 안쓰러워 손잡고 울 일이다.

암암리에 우리는

체리 주스를 마시다
하얀 원피스에 튀어버렸다
화장실 구석에서 비벼보아도
빠질 생각은커녕
점점 더 깊고 넓게 퍼진다

지금 붉은 기운이
식도 위장을 지나
내 몸을 잠입했을까

입을 벌려보니
체리 맛과 색을 지닌
체리 아닌 체리의 흔적이
입안에 가득하다

순간의 달콤함을 무기로
물들이는 힘
물을 마셔보아도 빠질 줄 모른다

살아남은 자의 슬픔

화장실에 앉아
불안을 싸려고 힘을 준다.
새벽부터 내 몸 안에서 신호를 보내오는 수군거림
힘을 주어도 좀처럼 열리지 않는 문
천장에서 떨어지는 물방울은 누구의 눈물이란 말인가.

내 삶을 지키기 위해
누군가의 생生을 먹는다는 것
불온한 경험을 배설하는 수군거림에
온몸을 내어주고
문을 꼭 잠가버린 방어기제

어제를 뱉어내듯 오랫동안 양치질을 한다.
얼마나 더 천천히 오래 닦아내야
경쟁이란 죽음의 입 냄새가 나지 않을 것인가
소화되지 않은 삶들이 더부룩함 속에서
말하지 않아도 전해지는 불온한 냄새

아침상에 앉아
말갛게 우려진 죽음을 먹는다.
웃으며 내 삶을 먹는다.

'비대면 강의, 대면 시험'에 대한 토론회

몸이 같이 있다고
마음이 같이 있는 것은 아니라고
그녀 혹은 그가 말했다.

몸과 몸을 섞으며
마음이 생기는 것이라고
그 혹은 그녀가 말했다.

몸이 멀리 있다고
마음이 멀리 있는 것은 아니라고
그녀 혹은 그가 말했다.

몸이 멀리 있으면
마음이 멀어진다고
그 혹은 그녀가 말했다.

요즘 학생들이 질문하지 않는 이유는
몸과 마음을 함께 묶어 논의하는 관습 때문일까
결론이 정해진 속내를 알기 때문일까

발언권이 없는 우리는
침 묻은 생각을 억지로 삼키며
그와 그녀의 입속에서
잠들고 있다.

감정의 접근방식에 해답은 없다

> 여보,
> 누구보다 당신이 힘들 텐데.
> 내 맘까지 더해서 미안해.
> 당신이 힘들어하는 근본을 살펴볼 필요가
> 있다고 생각했을 뿐인데….
> 아이의 문제는 촉발제였을 뿐이라고 생각해.
> 이번 기회에 각자 자신의 감정을 보살펴주자.
> 사랑해.

눈물을 훔치고
남편에게 문자를 보낸다.

자신의 책임과 의무를 마치고 식탁 위에 널브러진
접시들을 모아
감정의 쓰레기통 같은 개수대 속으로
던지듯 쓸어 쏟는다.

폭포수처럼 쏟아지는 물줄기 사이로

간간이 들려오는
텔레비전 속 아나운서의 격양된 목소리
"핑크뮬리가 알고 보니
생태계를 교란하는 교란종이라는 사실이 알려졌습니다."

핑크뮬리가 문제야? 예쁘다고 무분별하게 심어댄 사람이 문제지.
발달 과정에 있는 아이가 문제야?
발달 과정을 지나오고도 이해 못하는
부모가 문제집이지.

네 탓이 아니라
내 핏줄을 타고 흐르는 아담과 이브로부터 시작된
부호와 신호들의 반짝이는 기호학

답이 나오지 않는 것이 정답인 감정의 접근방식
문제는 언제나 문제를 만드는 이에게서 나온다는 것이 문제다.

비극의 극과 극

경기도 양주, 도로공사장에서
300여 년 전
천연두에 걸려 사망한 것으로 추정되는
어린이 미라가 발견되었다.
주변 흙에서 나온 꽃가루를 보아
따뜻한 봄날에 묻혔음을 짐작하게 하지만
아이가 입고 있던 옷은
솜이 가득 들어간 겨울 옷.
아래는 남성의 옷으로
위에는 여성의 옷으로
소중히 감싸진 아이는 관이 없어도 춥지 않았으리라

생후 2주된 아들을 침대 모서리에 던져 다치게 하고도 필요한 응급조치는 하지 않고

친구들과 고기를 구워먹고 술을 마시고 담배를 피며 시간을 지체해 사망에 이르게 한 혐의 등으로 구속, 기소된 20대 부부에게 징역 25년, 징역 7년과 함께 200시간의 아동학대 치료프로그램 이수, 7년간 아동 관련 기관 취업제한 명령이 선고되었습니다.

화장실에서 낳은 신생아를 변기에 버려 숨지게 한 뒤 시체를 유기해 1심에서 각각 징역 5년과 징역 3년이 선고됐던 부모에게 항소심에서는 집행유예가 선고됐습니다. 항소심 재판부는 엄마에게는 징역 2년에 집행유예 3년, 아빠에게는 징역 1년에 집행유예 2년을 선고했습니다. 재판부는 죄질이 나쁘다면서도 형을 낮춘 이유를 첫 번째 이들에게 한번 벌금형을 받은 것 말고는 별다른 처벌 전력이 없다는 것, 두 번째는 아이를 낳고 극도의 흥분상태에서의 수치심과 가족에게 받게 될 비난 때문에 범행을 저지른 점, 마지막으로 피고인들이 범행을 인정하고 깊이 뉘우치고 있다는 점을 들었습니다. 재판부는 이 일로 가장 고통을 받는 사람이 피고인 본인일 것이라고 판단했습니다.

2013년 울주 아동학대 사망 사건으로 아동학대가 우리 사회의 수면 위로 떠올랐습니다. 2014년'아동학대범죄의 처벌 등에 관한 특례법'이 시행된 이후에도 울주 아동학대 사망 사건, 평택 아동학대 사망 사건, 대구·포천 아동학대 사망 사건, 의정부 아동학대 사망 사건, 인천 아동학대 사망 사건, 여주 아동학대 사망 사건, 원주 아동학대 사망 사건, 천안 아동학대 사망 사건, 양천 아동학대 사망 사건, 화성 아동학대 사망 사건....

우리는
비극에 초대된 관객인가.
연극 속의 주인공인가.
무대가 너무 가까워 눈물이 나는 오늘

작고 문인 전시회

관객들의 발걸음이 오래 머무는 곳은
생전에 쓰시던 용품들이
부장품처럼 함께 전시되어 있는 곳

당신의 옷을 벗겨가 복원하고 싶어하는 사람들
사이에
화석처럼 굳어진 시들이
자연 미라로 발굴되어 걸려 있다

당신의 부고에 답장하다

여우비를 피해 달리는 순간
호주머니 속에서
당신의 부고가 울립니다

대기 높은 곳에서
강한 돌풍으로 몰아치는
비구름이
멀리 떨어진 이곳까지
빗방울을 날려보내는가 싶다가

그 높은 곳에서
못다한 이별의 이야기들을 한꺼번에
쏟아놓으시는 건가 생각합니다

당신의 환한 웃음처럼
햇살은 저리 밝은데
"우리 곧 행복한 곳에서 봬요"
인사하던 음성이
메마른 거리를 적시네요

갈 곳을 잃어버린 발은
당신의 호흡을
구름 속에서 찾고자
하늘을 봅니다.

채운彩雲같이 살고 싶으셨던 당신

당신의 마지막 시를 읽으며
온몸이 꿈에 젖어
먼 곳으로 흘러갔다
거슬러온 구름과 함께 있습니다.

이제부터 행복한 공간에
늘 함께 있을 것 같습니다.

3부

사막에서 잠들다

살아 있는 풍경 한 장

산행에서 캐어온 철쭉나무 한 그루가
베란다 구석에서 덧없이 늙어가다
어느 날 아침, 쿠데타를 일으켰다

무관심에 지친다던 아내를 포섭하고
세상을 호령하는 태양과 결탁하여
뿌리의 가장 깊은 곳에서 음모를 빨아
몇 주 전 공포탄을 쏘아대더니

오늘은 새벽부터
북을 울리고
햇살을 긁어모아 불도 지폈다

천지를 흔드는 광음 속에서
나를 향해 달려드는 발랄한 총성
팬티 하나 걸친 나는 포로가 된다.

가을 이야기

사랑하는 사람들아
살며시 눈 감으면
바짝 긴장한 대추 꽃들
마른 목에 침 삼키며
바스락바스락
태양 헤집는 소리 들린다.

삶아도 삶아도
물러지지 않고
태우고 태워도
보이지 않는 태양의 등뼈
뒤적뒤적하다보면 찾을 수 있을까
대추 씨방들 빨갛게
시커멓게 속을 태운다.

어머니의 애간장을 태우고 태워서야
마침내 홀로 서는 사람들처럼
스스로 허용 하나 남김없이 태워버려야
가슴속에 화두話頭 같은 핵核을 얻어서
환하고 단단하게 떠오르는 몸이 되는 걸

가지가지마다 뜨거운 가르침들로
밤낮없이 타고 있는 다비茶毘의 의식
비로소 태양이 된 대추 알들이
제상의 첫 번째에 좌정하고
추석날 아침에 솟아오른다.

위로

마음아 보아라.
짠맛을 본 적 없는 임진강 민물 참게가
적당한 간간함으로 맛이 되기까지는
상처가 필요하다.

숨을 내쉴 때마다
유리 조각 같은 소금 알갱이들이
폐 속까지 스며들어
더러운 찌꺼기를
게워내게 만드는 영혼의 의식

마음아 보아라.
성경에서 오래 참음을
사랑의 처음으로 두었듯이
고통의 끝에서 맛이 드는
예수의 혈흔
입안으로 퍼지는 진실의 파문

당신의 어깨에 올려진
따뜻한 손길

노을

누가
어디서
태양을 들어
물수제비뜨기
시합하는가.

하늘 끝
한 점으로 시작된 파문
생각을 넘고 추억을 덮쳐
내 가슴에 해일처럼 밀려든다.

덩굴장미

순간을 마감하고 떠나는 새벽처럼
길 잃은 새 한 마리 거리를 떠돌다가
아파트 돌담 사이에 날개를 묻는다.

하늘을 그리워한 오래 전 기억들이
푸른 흔적이 되어
햇빛에 붉디붉은 눈물로 여울지다
한밤에 꽃잎이 되어 굳은 날개가 되었는가.
미동도 없는 너의 숨소리

향긋한 시간 속에서
살며시 피어나는 눈물

STUDY CAFE

문이 열린다.
소용돌이치는 시간의 섬
감각을 찢어대는
상습의 반란 속에서
서로 다른 이들이 표류 중이다.

당신이
듣고 있는 척하는 음악도
내가
풀고 있는 척하는 문제도
이미 식어버린 음료 속의 흔적처럼
목말라 허우적대는 허구일 뿐
영혼에 휴식 같은 해답을 적지는 못했다.

새로운 정책이 발표될 때마다
우리가 이곳에 표류 중이다.
출구를 향하여 표류 중이다.

여행

동강난 숲은 어머니의 손등이었다
비명의 새벽길을 걸어서
숲은 내게로 온다

긴 호흡 소리
순간을 마감하고 떠나는
세월의 고목송처럼
희생으로 시간의 강에
묵묵히 길을 내던
어머니

서둘러 고독에서 벗어나려는 옮은 떨림
양심의 가책으로 눌러 담은
그리움에 취한 채
길바닥에 드러누운
나를 찾아나선다

부활 1

비
오는 날
물을 끓이다가
주전자 바닥에 생매장당한
나의 시어들을 본다.

가볍게 당겼던 불꽃
어릴 적 어머니의 눈물어린 매질인 듯
주전자 바닥에 선명한 자국을 내고

시간을 망각한 채 매장된 언어들이
매 맞은 다리처럼 부풀어
요란한 비명과 함께 동동 떠올라
나를 향해 아우성치는 것이다.

증발하는 꿈
비로소 장대비로 쏟아져 내리고
세상에 스며들어 빈 곳을 채운다.

부활 2

— 산부인과에서

출산예정일을 앞두고 병원에서
제 몸을 힘껏 옴츠린 채
양수를 바다 삼아
숨 고르기 하는
거해궁巨蟹宮을 보았다

자신의 허욕을 털어버리고
마음의 무게를 비워버린 미물의 심장

신보다 더 힘차게
꿈
꿈
꿈
뛰며
헤라클레스의 발밑에서 죽어가던
게 한 마리

태아 측정기를 갖다댈 때마다
작고도 강하게 뛰고 있는 성좌 하나
황도黃道에게 길을 묻는 신호를 보내는가

알 수 없는 황궁의 언어가
머리를 내밀고 움직이기 시작했다

마음에 불통*을 내리고

시 공부한다며
숭숭 뚫린 공간에
학문을 채워넣으려
애쓰던 적 있다.

한 행
한 연
꽉꽉 채우다보면
아름드리 굵어져
쓰임이 커지는 줄 알던 시절

속은 채우지도 못하고
마디만 굵어가는 대나무를 보면서
안쓰럽다고 말한 적 있다.

저도楮島 죽방렴竹防簾**에 와보니 알겠다.
속을 비우는 일이
속을 채우는 일보다 어렵다는 진리

마음을 비우고 비워야

비로소 떠오르는 이치
밀물 썰물에 몸을 내어맡긴 채
유유히 떠다니고 있는 불통들의 지혜

시를 쓴다는 건
비우고 비워 가벼워져야
비로소 은빛 언어들이
생채기 없이 뛰어오르는 것

바다의 시어詩漁들
앞다투어 불통 속에 담긴다.

＊불통 : 대나무로 만든 원통의 발.
＊＊죽방렴 : 대나무 어사리라고도 하며 간만의 차가 큰 해역에서 옛날부터 사용되어 오던 고기잡이 방식. 간만의 차가 크고 물살이 세며 수심이 얕은 개펄에 V자 모양으로 어구를 만들고 불통을 놓는다. 불통은 밀물 때는 열리고 썰물 때는 닫히게 되어 있다.

얼굴에 웃음골이 깊어지다

거울을 보다가 눈밑에 주름을 발견했다
지각 변동에 의해 솟아오른 신대륙처럼
갑자기 나타난 것이 아닌 줄 알면서도
마치 어제 잠든 사이에
내 얼굴에 심각한 지각 변동이
있었을 것이라고 의심 의심하다가
알았다
웃을 때마다 눈밑으로 살짝살짝 주름이 진다는 걸
주름진 얼굴의 골 사이로
내 아이들의 웃음이 흘러 흘러
깊게 깊게 새겨지고 있다는 걸

드높은 산 중턱 노래하는 물줄기도
처음부터 물줄기는 아니었을 것이다
정열의 물방울이 모이고 모여
변방의 단단한 바닥을 파고
빈틈으로 스며들어 다 함께 모여
은빛 물결로 출렁이는 것일 거다
생명을 키워낸다는 것은
아름다움을 생성해낸다는 것은

패이고
새기고
흔적이 만들어지는 일

얼굴에 웃음골을 따라
큰 생명으로 흘러갈 것이다
큰 신대륙으로 발견될 것이다

낯선 동행

자전거를 타고
앞만 보고 달리다가
멈추고 보니 낯선 곳이다.

주변의 아름다움을 인식하던 감각은
나무 밑동에 꽉 엉켜버린 넝쿨처럼
제자리를 감고 또 감아서 숨통을 조이고
지나온 흔적들은
나뭇잎 바스락거리는 소리에도 몸을 낮춘다.

지나갔던 바람이 다시 돌아와
내 주변을 서성이며 말을 건네도
낯선 것을 조심하라고 배운 나는 머뭇거릴 뿐
다가갈 수 없다.

방향을 바꾸어 천천히 주변을 살피며 달린다.
낯선 풍경들이
본 것이었다가 못 본 것이었다가
본 적이 있던 것이었다가
본 적이 없던 것이었다가

열두 번씩 몸을 바꾸며 동행한다.

목적지가 같지 않더라도
지금 함께라면
낯선 동행도 시가 된다.

친구를 보내며

상갓집에서 가져가 버렸다
한 쪽에 가지런히 벗어둔
구두 한 켤레

영업실적 최하위
만년과장 딱지에 숨죽어
좀처럼 일어설 줄 모르던 어깨 다독이며
뒤코를 세워주던 오랜 친구

첫 만남은 호감으로 시작했지만
곧 언제 그랬냐는 듯
사사건건 발목을 잡고 늘어져
삐딱한 마찰로 허물이 벗겨지는 일로
쓰라림을 여러 차례 맛보게 한 후

비로소 작은 일이라도 생기면
먼저 다가와 온몸 다 던져
땀 한 방울까지 닦아주며
세상의 굳은살을 만들어주듯
위로하던 친구

내 기억의 집에서
영원한 한 쌍의 신발처럼
나란히 살자는 기도가
하얀 눈 위에 발자국처럼 찍힌다.

질서에 대하여

운동장의 아이들
정렬 놀이를 한다.
왼발 오른발, 오른발 왼발
구령을 따라 움직이는
발들은 평등하다.

왼발이 먼저 나가는 아이
오른발이 먼저 나가는 아이
왼발이 먼저 나간다고
오른발이 시기하지 않고
오른발이 먼저 나간다고
왼발이 낙오되지 않는

'하나'라는 시작 구령에
발들은 서로 다르게 움직이지만
'셋' '넷'으로 끝나는
마지막 구령에
왼발과 오른발
누가 먼저 앞서나갔는가와는 상관없이
같은 방향, 같은 위치에 정렬한다.

우리는 모두 발이다.
왼쪽과 오른쪽
모양은 달라도 길은 같은
오른쪽과 왼쪽
시작은 달라도 끝은 하나다.

누가 문을 닫고 있는가

해토머리 동물원에 갔다가
소나기를 피해 들어간 휴게실
맨발로 창문을 넘어오는
발갛게 언 진달래를 보았다

지난 밤
얼마나 먼 길을 헤맸는지
등가죽은 벗겨져 살이 보이고
붉은 입술마저 파랗게 질려
오들오들 떨고 있는 진달래꽃

너는 더는 꽃잎이 아니라
햇빛 야금야금 갉아먹으며
숨죽여 울먹이는 가냘픈 짐승
개장開場에 맞추어 길들여진
영혼의 무리인가

카메라 불빛에도 움찔움찔
몸서리치는 진달래꽃
봄 너머에서
서성이며 느릿느릿 걷고 있다

4부

그 꽃을 먹었을까

이름을 새기다

어둠 속에 태양처럼
휴대전화 불빛이 방안을 밝히는가 싶다가
다시 깊은 어둠 속으로 사라진다
사라지는 것들은 언제나 순간이지

어젯밤 별이 된 시인의 부고가
문자로 떠오르는 새벽 아침
당신의 마지막이 밤새 이 순간을 기다려
나의 시작과 함께하려는 또 다른 순간
당신의 이름은 이미 이별을 떠나
하늘에 빛이 되었을까

우리는 어디서 만났던가
당신에게 저장된 나는
이제 저장된 당신의 이름을 지우고
하늘을 볼 때마다 당신의 이름을 불러보겠지

꿈꾸는 이름

“호랑이는 죽어서 가죽을 남기고
사람은 죽어서 이름을 남긴다”는데

첫 아이 백일 전날
기념통장을 만들러 은행에 갔더니
아이의 도장이 필요하단다

급한 김에 들어선 허름한 도장집
인사를 건네는 주인의 손은
손이 아니라 사시나무다

눈보다 먼저 문 쪽으로
돌아서고 있는 나의 영특한 발
머릿속은 이미 지워져
흔적만 남은 기억 속
동네 지도를 펼치고 있다

어디선가 나를 부르는 다정한 목소리
이면지 묶음 위에 아장아장 찍혀 있는
다정한 이름들

걸음마를 할 때부터 아버지 옆에서
도장밥을 먹었다는 노인의 가는 어깨 위로
어디선가 날아온 나비 한 마리
살며시 내려앉아 숨을 고를 때
아이의 이름이 붉은 꽃으로
피었다

수박 속에도 프로메테우스가 있다

수박을 고르고 있는 나에게
“겉과 속이 다른 것은
상놈이나 먹는 거라던데…”
혼잣말을 던지고 사라지는 사람들

상놈은 겉과 속이 다르고
양반은 겉과 속이 똑같다?
수박 위 검은 줄들이 항의하듯
코카서스* 길 위로 솟아오른다.

태양의 수레 속에서
인간을 위해 불씨를 훔친 프로메테우스
그가 숨어든 수박 속에는
아찔한 공포가 가득 차 있다.

밤, 낮을 오가는 차가움과 뜨거움
누가 이보다 더 많은 흔들림의 길들과
직면했으랴
한여름 태양 빛의 유혹 속에서
푸른 수박의 심장을 뚫고 고민의 흔적들이

검고 깊은 표식의 길을 만들었는가.

수박을 두드릴 때마다
내 발밑이 먼저 둥둥 울린다.
칼을 대는 순간
독수리에게 쪼인 프로메테우스의 가슴이
붉은 선혈로 벌어진다.

겉과 속이 다른 것은 상놈이고
겉과 속이 같은 것은 양반이다?
코카서스 큰 바위에 포박당한 채
프로메테우스가 웃는다.

* 코카서스 : 프로메테우스가 불을 훔쳐 제우스로부터 벌을 받게 되는 장소.

가장의 이름으로 다시 쓰는 늙은 악어 이야기

출장간 당신 대신
이 빠진 지퍼를 헤벌쭉 벌리고
축 늘어진 몸을 배밀이하듯 추켜세우는 늙은 악어 가방
텔레비전 속 뉴스를 응시하며 입맛 다시고 있네요.
저녁상을 차리고 돌아보니
아이들은 거실을 뛰어다니며
공 대신 가방을 발로 차며 놀아요.

당신의 어깨에 기고 기어 기어코 매달려 만들던 형체들
용쓰듯 솟아올랐다 제자리를 찾아 숨 고르는 혈관처럼
당신의 어깨 모양으로 자리를 잡고
울그락불그락 불그락울그락 화를 참지 못하고
구르고 구르다 구석에 처박혀 또 우네요.

엄마 말해줘요 우리는 왜 친구가 없나요?
친구들이 내가 밥을 먹을 때마다 놀려요
입을 크게 벌리고 말하지 말래요
나는 왜 말을 크게 하거나 밥을 먹을 때
눈물이 나는 걸까요?
친구들은 내 눈물이 가증스럽다고 놀려요.

아빠는 왜 내가 입을 크게 벌릴 때마다
화를 내시는 걸까요?
아빠는 더 크게 울면서 말을 하고
더 크게 울면서 음식을 가지고 오시잖아요.

안개 같은 세상 속에서
반짝이는 눈빛으로 사랑을 고백하던 순간조차
당신은 울고 있었죠.
입을 크게 벌리면 벌릴수록 솟아나는 눈물 탓에
'악어의 눈물'이라는 비난의 시선과 눈을 맞추면서도
큰소리로 항변조차 하지 않으시더군요.
처자식의 입속에 쓴맛 대신 단맛을 주기 위해
저 창 넘어 빛의 수만큼 눈물을 흘렸을 당신

제 식구들의 기원과 소망을 등에 새기고
뜨거운 혈관을 차가운 바닥에 식히며
거친 숨결의 무늬를 주홍글씨로 새기듯
바닥을 기고 또 기었을 당신

눈물조차 말라버린 황량한 사막 끝

태어나자마자 버려지는 존재들의
말라버린 울음소리가 모래바람 속에 쌓이고
무너지고 쌓이고 무너졌다는 소리마저
차갑게 사라지는 밤

출장에서 돌아온 당신은
기다리다 울며 잠든 아이들의 얼굴에
차가운 뺨을 대지도 못하고 서성이며 우네요.

태어나면서부터 짊어져야 하는 시선의 무게
사랑하는 가족을 지키는 서약의 무게
그것을 견디는 방법 또한 눈물인 것을
당신은 눈물로 배를 채우며
울지 말라고 비난하는 악어들에게
살아 있는 먹이를 삼키며
눈물 한 방울 흘리지 않는 것이야말로
무서운 형벌이라고 시를 써요.

다비식茶毘式

초등학교 담임 선생님의 부고訃告를 듣고
익숙하지 않은 골목길을 들어서는데
울음에 취해 붉어진 첫사랑이
조등처럼 흔들흔들 나를 맞는다.

마당에 들어서자 곡비哭婢로 온 매미들
일제히 울부짖는 곡소리 속에
하늘마저 불길 속에 젖어드는데

청춘을 다 바쳐 태우셨던 피와 살들이
세상 곳곳에 채워졌던가.
오늘 비로소 한자리에 모여
당신의 일생을 추억하며
한마음으로 타오르고 있는 축제의 의식

내 몸 어딘가
단단히 박혀 있는
선생님의 사리舍利 하나
별똥별과 빛을 맞춘다.

희망을 새기다

살다보면 누구나 사리가 만들어지는
시간이 있다고 하던데
사춘기를 지나는 아이를 볼 때마다
학교 운동장에서 그네를 타던 생각이 난다

어릴 적 놀이터 그네 밑에서
부러진 나뭇가지로
땅 위에 새기듯 써내려간
괴로운 시간들

그네를 힘껏 구르면
저 멀리 사거리 신호등에
시장바구니를 들고 오시던 엄마가 보였다가 사라지고
힘껏 다시 구르면
세탁소 앞을 지나는 엄마의 분홍색 치마 속에서
꽃들이 세상을 흔들었다

발끝으로 그네를 세우면서
괴로운 이름들을
스치듯

스치듯
스치듯
흙으로 덮어버리던 시간

내 아이의 시간에
나도 꽃처럼 피어날 수 있을까
길에 던져진 그날의 기억이
화석처럼 굳어져 사리가 된다면
밤새 떨며 굳어가도 좋을
오늘

봄, 기차 타고 무대 오르다

여자들) 지정석에 앉은 새벽
　　　　창문을 넘어 내게 오는
　　　　늙은 집시의 언 발을 본다.
　　　　저 발로 눈[目] 속에 우물을 파고
　　　　허기진 배를 채웠을 것이다.

남자들) 햇살도 고이면 구덩이 되는가.
　　　　발목이 삐끗거릴 때마다
　　　　의심의 초리로 깨어나는 눈嫩
　　　　새들처럼 일제히 날아올랐다
　　　　제 각각 흩어져 선線으로 간다.

코러스) 누구냐
　　　　능선稜線 능선마다
　　　　맨발의 집시처럼 위태롭게 매달려
　　　　뿌리 속 잡동사니 내다버리고
　　　　휘파람 불어대듯 파람파람
　　　　잎에서 소리 법 가르친 이가

모두 함께) 봄, 무대로 오르고 있어

모퉁이 빠져나간 3월의 창틀
봄이 얼룩져 번진다.

잠시 돌아보는 용기

시작인가 했더니 끝이고
끝인가 했더니 다시 시작이라는
어느 순례자의 발을 닮고 싶어
지리산 길을 오른다.

아스팔트에 길들여진 나의 발
시작부터 클랙슨을 울려대듯 거칠게 땅을 쳐내다
눈길 만난 초보자처럼 알 수 없는 방향으로 미끄러지다
가녀린 길 허리에서 다람쥐와 눈을 마주친 순간
서버렸다.

어느 목적지라도 빠른 것이 제일이라던 믿음의 발
쥐구멍에 앞꿈치라도 걸린 듯 바닥에 붙어 떨어질 줄 모르고
헐떡이는 숨소리만이 바람의 뒤를 따라 걷는 길

서버린 후에야
보이지 않는 정상보다
거칠게 걸어온 내 길이 더 빛나는 걸 알았다.
발 아래 그림처럼 그려지고 지워지며
지나왔을 순례자의 길

닮고 싶었던 것은 순례자의 발이 아니라
아름다움을 돌아볼 수 있는 용기라고

지금까지도 나무에 붙어 있는 매미의 허물을 보며
실체가 빠져나간 허물의 집에도 바람이 머물다가듯
순례자의 말씀을 받아 적는다.

늙은 별들의 노래

늦은 밤이었어. 해일이 지나간
울트라 마린빛 포인트페드로 해안

어둠의 볼륨을 낮추어다오
쉼 없이 곧게 추락하는 늙은 별들
낯설고 차가운 구덩이에 처박혀
노래를 불렀지
클레멘타인

내 사랑아,
내 사랑아
긴 꼬리에 비늘을 새겨주렴

돋을새김으로 찢겨나간 살점이
꽃잎처럼 벌어졌다 접히고
울컥울컥 살갗이 파도 아래 잠겨도

나의 옛 집 앞마당에 닿을 수만 있다면
부풀어오른 내 꼬리쯤 그 누구의 식탁에
올려도 좋으련만

잠시 들어왔다 나가는 떨림이지만
창가에 모빌처럼 걸려서
불나방과 마지막 사랑
나눌 수도 있으련만

이상한 나라의 에로스

이른 새벽 길가에
등대처럼 불 밝힌 남매떡집 간판
그곳에는 정말 남매가 살고 있을까?

문을 열고 들어선 무표정한 사내
떡쌀에 물 한 바가지 척척 끼얹고
소금 한 줌 섞어 문지르다가
캬—악 하고 가래를 뱉어낸다.
우주 저 깊은 곳의 바닥을 긁고 또 긁듯
깊은 우물 속 두레박을 끌어올리듯
목울대를 세워 뱉어내는 하데스의 고뇌
오랫동안 지켜 서서 뜸을 들인다.

떡이 손에 붙지 않게 물을 축이듯
석류즙으로 목축이며 사는 여자는
온종일 콩, 팥을 고르는 페르세포네.
쟁반 위에서 떨어트린 썩은 것 속에
진심은 숨겨두고 창 너머는 보지 않기로 했다.
보지 않아도 바람이 불 때마다
절구 속에서 깨지고 짓눌려 고물이 되어가는

데메테르의 곡소리가 들려왔으므로
떡메는 멈추기로 한다.

사내와 여자는
손에 기름을 바르고
떡 주무르듯 가슴을 주무르고
가슴 주무르듯 고물을 입힌다.
지나가던 사람들이 떡 냄새를 맡고 들어와
남매떡집이 최고라며 입을 맞출 것이다.

독자

누군가 등 뒤에서
돋보기를 들이댄다.

얼마나 확대해야 알 수 있을까
초점을 맞추기가 힘이 드는지
가까워졌다 멀어지고
다시 가까워지는 눈

얼마나 지났을까
등뼈의 골짜기를 따라
부스스 일어나고 있는 발화점
내 몸속이 환하게 타고 있다.

별꼭지연鳶

아홉 시간째, 수술이 무사히 끝나기를 기다리는 중이었다. 세 돌이 안 된 아들은 대기실 구석에 쳐진 거미줄 앞에 앉아 거미가 나오길 기다리고 있었다. 남편은 아이의 장난감을 핑계 삼아 병원 근처를 몇 바퀴째 배회하고 있을 터였다. 그때, 창밖으로 별꼭지연이 날아올랐다.

연 중앙에 뚫려 있는 방구멍 사이로 누런 황소 떼가 종종걸음치며 달려나가는 것이 보였다. 아니다. 골고다 언덕을 숨차게 올라가는 베로니카의 찢어진 옷자락이 보였다. 초등학교 운동장에 놓여 있는 그네가 하나에 올라가고 둘에 내려오며 길게 혹은 짧게 신음을 반복하며 울었다.

엄마, 거미가 없어! 거미 어디 있어? 팽팽하게 당겨진 연줄이 유리창의 등짝을 때리고 또 때렸다.

회복실로 옮겨지는 어머니의 가는 팔뚝, 힘줄이 있는 대로 성을 내며 푸르게 변해가고 있었다. 땅거미가 스멀스멀 기어나와 내 침묵을 빈 집 삼아 줄을 치고 있었다. 반짝이는 줄에 걸리는 건 가슴 한구석에 뒤엉켜 몸을 빠져나가지 못한 별꼭지연이었다.

꽃길로 걸어갔다

시집 제목이 뭔가요?
오늘 신인상을 받은 시인이 물었다
웃으며 대답하려고 했으나
시인에게 그런 질문을 하다니? 자존심 상하게
옆에 앉은 시인이 불쑥 대답을 가로채버린다.

나는 길을 잃고 시집 속에 갇힌다.
나를 가두는 감옥, 문을 닫고 들어가면
거울 숲에 풀어놓은 안개가 늑대처럼 달려들어
누군가의 다리를 입에 물고 왔다갔다
나는 눈이라도 마주칠까
슬금슬금 뒷걸음쳐 달릴 준비를 하며
숨을 멈춘다.
양육강식의 세계에서 겸손은 자신의 상처를 드러내는 것
늑대를 불러들이는 건 나의 붉은 피일 것이다

길은 비포장된 상태였으므로
전속력으로 달리다 넘어진 무릎에서는
선홍빛 울음이 아파 아파 꽃으로 피어나서
이정표처럼 흔들리며 나의 향방을 가리켰을 것이다

어디로 가고 싶은 것인가
문을 열고 나오니 안개는 이미 사라진 지 오래다
이제 달리기를 멈추고 걸어야겠다.
뒤를 돌아보니 내가 흘린 꽃들로 길이 환하다

B-612에서 온 편지

어두운 삶의 터널을 지날 때마다
별에서 보내오는 비밀의 신호

한 치 앞도 볼 수 없는 깜깜한 터널에서는
누구나 혼자라고 느끼는 것
함께 걷고 있는 사람의 작은 움직임도
공포의 소리로 다가오는 순간들이 있다는 것

마음을 가라앉히고
천천히 걷다보면
어느새 서서히 다가오는
앞서거니 뒤서거니 걷고 있는
동행의 형체

뒤에서 걷고 있는 사람에게
용기 내어 손을 내밀면
당신 앞에서 걷고 있는 사람이
당신의 손을 잡아줄 것이라는 믿음의 편지

어둠은 감옥이 아니라

생각의 부피가 자라나는 세월의 자궁,
나무들도
겨울의 터널을 눈물로 지나와
네 앞에 서 있는 것이라는 동화 같은 진실이
내 앞으로 날아온다.

존재의 힘

술에 취한 후배에게서 전화가 왔다.
"늦은 시간 전화해서 미안해요. 선배,
저는 왜 맨날 부서지기만 할까요?"
눈물 젖은 목소리
도로변 플라타너스 꼭대기에서
가을바람에 떨어지는 낙엽처럼 흔들리다
고조되다 떨어지다
낮게 깔려 읊조리듯 조용해진다.

나이가 같음에도 학번이 빠르다는 이유로
꼬박꼬박 존대하는 후배여,
당신이 부서지는 이유를 알려주지 못하는 이유는
나도 매일 부서지고 있기 때문이다.
떨어지기 위해 피어났다는 사실을 알면서도
높은 곳에서 아래를 내려다보며
푸르고 뜨거운 시절을 몸에 새기던 한철
기를 쓰고 오르고 올라도 힘없이 떨어지기 때문이다

생일이면 어머니는 새벽부터 일어나
달콤한 팥앙금이 입안에 퍼지던 찹쌀떡,
밤, 대추를 영롱한 노란 빛으로 감싸던 호박떡,

감자떡, 옥수수떡, 모시떡 등을 만들어주셨다.
찹쌀떡에 찹쌀의 형체는 보이지 않았다
호박떡에 호박도 보이지 않았다
감자도, 옥수수도, 모시도
보이지 않는다

늦은 시간 전화해서 미안하다는 말의 반복,
그대의 들썩이는 어깨가 수화기를 흔드는 건지
창밖의 스산한 빗줄기에
내 마음이 흔들리는지
괜찮다는 말을 반복하는 내 목소리도 떨고 있다.

당신과 내가 부서지는 이유는
색으로
향으로
맛으로 존재하는
주인공이기 때문이다.

울어라
그대 눈물의 짠기가 달콤해질 때까지

도래할 시, 사막의 일상
— 한린 시집 『사막의 별처럼』 읽기

오민석/ 문학평론가, 단국대 교수

I.

한린 시인의 일상은 늘 시쓰기와 연루되어 있다. 그녀에게 있어서 생의 뒷길이나 샛길에서 일어나는 일들은, 말하자면, 시의 유체幼體들이다. 시인에게 삶은 시가 되기 위해 늘 꼬무락거리는 태아들이다. 그러므로 그녀에게 있어서 세계는 시의 자궁이다. 조각가가 돌덩어리 안에서 조상彫像을 보듯이, 시인은 일상에서 도래할 시를 읽어낸다. 시집 『사막의 별처럼』 1부의 시들이 대부분 메타시metapoetry에 가까울 정도로 시에 대해 언급하고 있는 것은 바로 이런 이유 때문이다.

그녀의 주된 정념은 시를 쓰는 일에 가 있다. 그리하여 시인은 시에게 말을 걸고, 질문을 던지고, 따진다. 네루다P. Neruda의 "시가 내게로 왔다"는 고백은, 한린에게는 "내가 시에게로 갔다"로 바뀌어야 한다. 시에 대한 이런 적극성, 능동성이 그녀의 언어를 만든다.

잘 씻었다면 적당한 물높이를 맞추어
적당한 시간만큼 불려주어야 한단다.
적당함은 언제나 신을 닮아가려고 노력하는 것
첨가하는 곡식에 따라, 식구들의 건강에 따라
손을 담가 마음의 저울 눈금에 네 눈을 맞추며
생명수를 부어주는 제사장이 되는 일

끝이라고 생각했다면
이제부터가 진정한 밥의 세계
뜨거움을 함께 견디는 방법을 알아야 한단다.
때로는 서로의 온기처럼 따뜻함도 있을 것이다
때로는 숨 막히는 고통 속에서 가슴을 치고 발을 구르고
수없이 위 아래로 바뀌는 자리를 찾아 돌고 또 돌고
은전에 팔거나 은전에 팔리거나
뜨거움의 강도를 바꾸며 시간을 견디며 인내하는 것
서로 몸 부딪치며 익혀가는 것
증기를 힘차게 뿜으며
잠든 세상을 고소한 향기로 깨우는 것

조바심은 설익은 밥을 만들어 내기에
지나친 열정은 바닥을 태워버리기에
적당한 순간에 반드시 불을 끌 것
뜸 들이는 일은 언어에 윤기를 더하는 것
축복의 기도로 마무리하는 것

밥을 짓는다는 것은
신을 닮아가는 것
매일매일 다른 언어의 밥맛
오늘 지은 따듯한 밥을
독자 앞에 내놓으며
너에게 편지를 쓴다.

—「시인의 밥」 부분

이 시는 상당히 긴 분량으로 '시 짓는 일'을 '밥 짓는 일'에 비유하고 있다. 이 시에서는 쌀을 씻고, 불리고, 안치고, 뜸들여 밥을 짓는 전 과정이 시를 짓는 일과 등치가 된다. 전문을 인용할 수 없지만, 시인은 밥을 짓는 세세한 과정을 시를 짓는 매우 세부적인 과정으로 환치한다. 밥을 짓은 일에도 규칙이 있듯이, 시를 짓는 일에도 원칙이 있다. 말하자면, 이것은 시인이 쓴 일종의 시론인 셈인데, 여기에서 시인이 가장 중시하는 덕목은 "적당함"이다.

"조바심은 설익은 밥을 만들어 내기에/ 지나친 열정은 바닥을 태워버리기에/ 적당한 순간에 반드시 불을 끌 것/ 뜸들이는 일은 언어에 윤기를 더하는 것"이라는 시인의 전언은, 과도함을 경계하는 시인의 엄정한 태도를 보여준다. 그녀가 볼 때, 시는 인내하고 절제하며 언어의 열차를 시의 궤도에 잘 안착시키는 일이다. 이런 점에서 그녀는 감정의 '넘쳐흐름'을 미덕으로 아는 낭만주의자가 아니라, 절제와 격식을 중시하는 신고전주의자에 가깝다.

그녀에게 시는 감정 과잉의 직설적인 언어가 아니라, 은유, 패러독스, 아이러니로 팽팽하게 긴장된 언어이다. 그녀에게 시는, "잘 만들어진 항아리well wrought urn"라는 클린스 브룩스C. Brooks의 말처럼 균형과 조화와 질서로 이루어진 자족self-sufficient적인 텍스트이다. 그녀는 마치 흠집 없는 도자기를 굽는 도예공처럼 한 땀 한 땀 시의 방직기를 돌린다.

그녀는 또한 시를 쓰는 것("적당함" = 밥 짓는 일 = 시 짓는 일)을 "신을 닮아가려고 노력하는 일", "생명수를 부어주는 제사장이 되는 일"이라고 명기함으로써, 그녀의 시가 최종적으로 도달하고자 하는 고원高遠이 어디인지를 보여준다. 그녀는 일상을 조직하여 시를 만들되, 그것이 가장 궁극적이며 절대적인 현존Presence과 이어지기를 꿈꾼다. 그녀가 볼 때 대문자 현존은 가장 완벽한 조화이며 질서이다. 그러므로 그녀에게 시를 쓰는 일은 일탈이나 파괴 혹은 해체가 아니라 절대적인 조화harmony의 상태로 가는 것이다.

II.

조각가 앞의 돌덩어리가 거친 무기물이라면, 시인 앞에 펼쳐진 세계는 결핍과 갈증의 사막이다. "사막의 별처럼"이라는 시집의 제목은 그녀의 시가 세계와 맺고 있는 관계를 함축적으로 보여준다. 사막이 폭력과 부조화와 죽음의 현세라면, 그녀의 시는 그것을 완결되고 엄정한 형식, 즉 "잘 만들어진 항아리"에 담아내는 별이다. 별은 높고 아름다우며 순수하고 절대적인 것의 상징이다. 그러므로 한린의 시는 사막에서 별에 이르는 길고도 긴 여정이다.

내 삶을 지키기 위해
누군가의 생生을 먹는다는 것
불온한 경험을 배설하는 수군거림에
온몸을 내어주고
문을 꼭 잠가버린 방어기제

어제를 뱉어내듯 오랫동안 양치질을 한다.
얼마나 더 천천히 오래 닦아내야
경쟁이란 죽음의 입 냄새가 나지 않을 것인가
소화되지 않은 삶들이 더부룩함 속에서
말하지 않아도 전해지는 불온한 냄새

—「살아남은 자의 슬픔」 부분

지상의 삶이 쓸쓸한 이유는 생존을 위해서 다른 "생(生)"을 먹어야 하기 때문이다. 자고로 '먹고 사는 일'이 이런 것이다. 죽음은 생의 먹이이다. 생의 배후에선 늘 죽음의 냄새가 난다. "살아남은 자의 슬픔"은 죽은 자들 때문에 생겨난다. 이렇게 "불온"한 삶이 시의 자원이 된다. 별은 그 모든 결핍을 비춘다. 별은 가장 높은 소망의 기표이다.

한린의 시는 세계의 결핍을 비추며, 세계의 고통 속으로 스며든다. 시는 세계와 함께 아파하지만, 그곳에 주저앉지 않는다. 그녀의 시는 고통의 현실을 아파하지만, 소리내서 울지 않는다. 그녀는 감정을 억제하며, 슬픔을 다듬는다.

마음아 보아라.
짠맛을 본 적 없는 임진강 민물 참게가
적당한 간간함으로 맛이 되기까지는
상처가 필요하다

숨을 내쉴 때마다
유리 조각 같은 소금 알갱이들이
폐 속까지 스며들어
더러운 찌꺼기를
게워내게 만드는 영혼의 의식

마음아 보아라.
성경에서 오래 참음을
사랑의 처음으로 두었듯이
고통의 끝에서 맛이 드는
예수의 혈흔
입안으로 퍼지는 진실의 파문

당신의 어깨에 올려진
따뜻한 손길

—「위로」 전문

시인이 시적으로 고통을 소화하는 방식은 바로 "적당한 간간함"이다. 시인은 아픔의 심연에 자신을 방치하지 않는다. 짠맛과 싱거움 사이의 그 '적당함'으로 가는 길은 간단하지 않다. 그것은 고통의 "알갱이"들을 흡입하고 그것들을 다시 "게워내게 만드는 의식"을 거쳐야만 한다. "고통의 끝에서 맛이 드는" 일은 "예수의 혈흔"이 상징하는 실재계의 문법이다.

한린의 시는 이렇게 결핍의 상징계를 견디면서 현존의 실재계로 가는 길에서 써진다. 그녀에게 있어서 '적당함'이란 중립이나 타협이 아니다. 그것은 정념의 값싼 토로를 거부하되, 공허한 초월을 거부하는 지점에서 발생한다. 현존과의 만남은 손쉬운 비약이 아니라 "오래 참음"의 고통 속에서 겨우 감지되는 어떤 것이다.

누가
어디서
태양을 들어
물수제비뜨기
시합하는가.

하늘 끝
한 점으로 시작된 파문
생각을 넘고 추억을 덮쳐
내 가슴에 해일처럼 밀려든다

—「노을」 전문

이 눈부시게 아름다운 그림은 단순한 풍경화가 아니다. 한린의 시는 "하늘 끝/ 한 점"으로 상징된 시원始原을 가지고 있다. 그녀는 사막 같은 일상을 바라볼 때도 그 안에 갇혀 있지 않다. 그녀는 '사막'을 읽어낼 때도 그것을 '별'과의 관계에서 읽는다. 그녀가 일상의 고통 속에 갇혀 허우적대지 않고 '적당함'의 공간을 찾는 것은 '별'의 인력引力이 있기 때문이다. 위의 시 「노을」의 화자는 "하늘 끝"이 아니라 지상에 있다. 그러나 그(녀)를 지배하는 힘은 저 먼 현존의 지점에서 온다. 그것은 사막의 고통 속에 있는 화자의 "생각을 넘고 추억을 덮쳐" "해일처럼 밀려"드는 어떤 것이다.

앞에서 한린이 시(밥) 짓는 일을 "신을 닮아가는 것"이라고 한 것은 바로 이런 맥락에서 나온 것이다. 대문자 현존을 향한 정념이 현세(사막)의 고통을 담금질하여 '적당함'의 팽팽한 긴장 속으로 인도한다.

아이의 아버지는 아침마다
새벽 발인을 마친 사람들을 장지까지
실어 날랐다

(중략)

살아 있음으로
삶의 터널을 지날 때마다
등이 굽은 낙타의
능선처럼 누워 있는 봉분 속

잠들지 못하는 꿈들이
아지랑이처럼 아른거리듯
순간으로 다가오는 햇빛의 무게

아이의 아버지는
따가운 시선에도
선글라스를 쓰지 않는다

—「행복의 기원」 부분

이 시는 죽음-사건을 중심으로 한 작은 우화를 그리고 있다. "아이의 아버지"는 직업상 늘 죽음과 함께 산다. 그리하여 그는 "삶의 터널" 속에서도 늘 "봉분 속"을 들여다본다. 봉분을 "등이 굽은 낙타의 능선"에 비유한 것은, 시인이 현세를 '사막'으로 간주하기 때문이다. 그러나 그 죽음의 재앙 너머에도 각성覺醒처럼 "햇빛"이 비쳐온다. 한린에게 있어서 햇빛은 대문자 현존재의 아우라aura이다. 이 "순간으로 다가오는" 계시 때문에 아이의 아버지는 하데스Hades에 매몰되지 않는다. 죽음을 넘어 다가오는 빛이야말로 "행복의 기원"이기 때문이다.

한린은 이런 방식으로 텍스트의 이곳저곳에 은밀하게 자기 시의 시원을 슬쩍 흘려놓는다. 이것은 시인의 무의식이 자신도 모르게 한 일일 수도 있고, 시인의 치밀한 계획으로 이루어진 것일 수도 있다.

III.

앞에서 살펴보았듯이, 그녀는 일상의 고통이 아무리 깊을지라도 그 속으로 가라앉지 않는다. 그녀는 사막을 바라볼 때도 항상 저 높은 곳의 별을 사유하기 때문이다. 그리하여 그녀의 시적 실천 속에서 독자가 볼 수 있는 것은 사막과 별 사이에 존재하는 '적당함'의 팽팽하게 긴장된 공간이다. 그녀는 감정을 제어 없이 흘려보내지 않는다는 점에서 시적 낭만주의를 경계하고, 쉽게 현실 너머의 세계로 넘어가지 않는다는 점에서 초월주의와도 거리를 둔다. 그렇다고 해서 그녀가 낭만과 초월의 중립지대에 쉽게 내려앉는 것도 아니다. 그것은 팽팽한 자력들 사이의 길항拮抗처럼 살아 움직이는 강밀도intensity로 존재한다. 그리하여 그녀의 시에서 고통은 행복에 의해 당겨지고, 행복은 고통으로 긴장된다. 그녀의 시들은 이렇게 양자택일이 아닌, 환유적 인접성의 공간에서 태어난다.

어릴 적 놀이터 그네 밑에서
부러진 나뭇가지로
땅 위에 새기듯 써내려간
괴로운 시간들

그네를 힘껏 구르면
저 멀리 사거리 신호등에
시장바구니를 들고 오시던 엄마가 보였다가 사라지고
힘껏 다시 구르면

세탁소 앞을 지나는 엄마의 분홍색 치마 속에서
꽃들이 세상을 흔들었다

—「희망을 새기다」 부분

20세기 모더니즘은 고통과 좌절, 고뇌와 불안을 전경화하였다. 모더니스트들에게 희망은 사치였다. 아도르노T. Adorno가 "아우슈비츠 이후에도 서정시를 쓴다는 것은 얼마나 야만적인가"라고 비통해했을 때, (모더니스트들에게) 희망이란 허위이거나 불온한 정념이었다. 이런 점에서 고통을 이야기하는 것처럼, 희망을 논한다는 것도 쉬운 일은 아니다. 그러나 위의 시 「희망을 새기다」는 서정시의 수채화 같은 아름다움을 풍미하며 고통에서 빠져나와 희망을 노래하는 건강한 방정식을 잘 보여준다.

유년의 괴로움이 기억의 땅바닥에 새긴 글자들이라면, "그네를 힘껏" 굴러 "시장바구니를 들고 오시던 엄마"를 스치듯 쳐다보고, 그네를 "힘껏" 다시 굴러 "엄마의 분홍색 치마 속에서/ 꽃들이 세상을" 흔드는 모습을 보았다는 그림은, 얼마나 아름다운가. 그것은 값싼 희망의 혐의를 쉽게 떨구면서 "희망을 새기다"라는 제목을 자신 있게 쓰게 만든다.

희망이란 분석이나 선언이 아니라 이렇게 바람처럼 자연스럽게 불어오는 것이다. 이런 힘은 시인이 고통 속에서도 그것에 갇혀 있지 않고, 별과 햇빛과 희망이 오는 방향을 늘 주시하기 때문에 생기는 것이다. 그러므로 시가 갈 길이

'적당함'이라는 그녀의 선포는 타협이 아니라 고통과 희망의 미로를 환히 밝혀주는 내비게이션이다.

보이지 않는 정상보다
거칠게 걸어온 내 길이 더 빛나는 걸 알았다
발 아래 그림처럼 그려지고 지워지며
지나왔을 순례자의 길
닮고 싶었던 것은 순례자의 발이 아니라
아름다움을 돌아볼 수 있는 용기라고

—「잠시 돌아보는 용기」 부분

'적당함'은 잠재성의 공간이다. 그것은 양자택일이 아니라 언제든 무엇이든 될 수 있는 에너지로 팽팽한 공간이다. 시인은 앞으로만 나가지도 뒤만 돌아보지도 않는다. 그녀는 사막과 별을 동시에 바라보며, 두 양극 사이의 유쾌한 충돌에 주목한다. "잠시 돌아보는 용기"는 앞만 바라보거나 뒤만 바라본 자에게는 허락되지 않는다. 별을 바라보며 걸은 자만이 사막을 되돌아볼 '용기'를 갖는다.

시인은 정상이 보이지 않는다고 두려워하지 않는다. 왜냐하면 그녀는 늘 별을 보아왔기 때문이다. 그녀가 "거칠게 걸어온 내 길"을 뒤돌아볼 때, 그리고 그 길의 "아름다움"을 확인할 때, 그녀는 다시 앞을 돌아보는 용기도 저절로 갖게 될 것이다.

현대시세계 시인선 **136**

사막의 별처럼

지은이_ 한린
펴낸이_ 조현석
기　획_ 고영, 박후기
펴낸곳_ 북인
디자인_ 푸른영토

1판 1쇄_ 2021년 12월 07일
출판등록번호_ 313 - 2004 - 000111
주소_ 121 - 842 서울 마포구 서교동 467 - 4, 301호
전화_ 02 - 323 - 7767
팩스_ 02 - 323 - 7845

ISBN 979-11-6512-136-5　03810

책값은 뒤표지에 있습니다.
저자와 협의 아래 인지를 생략합니다.

이 사업은 대전광역시, (재)대전문화재단에서
사업비 일부를 지원받았습니다.